ÉTRENNES

TOURQUENNOISES

ET LILLOISES.

QUATRIÈME RECUEIL.

BRÛLE
MAJON

ÉTRENNES

TOURQUENNOISES

ET LILLOISES,

En vrai patois de Lille et de Tourcoing.

Pour la présente année.

QUATRIÈME RECUEIL.

A LILLE,

Chez VANACKERE, Libraire-
Éditeur, Grande place.

Se trouve à Paris ,

Chez JANET , Libraire, rue Saint-Jacques , 59.

Chez MARCILLY , Libraire , rue Saint-Jacques , 21.

COMPLAINTE

Des habitans de Lille, sur la mort de Brûle-Maison, et les réjouissances qu'ont fait les Tourquennois ayant appris sa mort.
Air: *De l'Araigné.* Noté n.° 1.

Hélas ! quenlle triste nouvelle
Qu'un entend en tout canton,
Elle n'est ni bonne ni bielle
Che l'morte de Brûle-Majon
        Quenlle affliction,
Car elle nous a fait braire,
Que che l'homme renommé
        Est trépassé.

Un chacun dit ché damage
Qu'un pareil esprit est mort,
Le dernier jour de se n'âge
Devant mourir parlot encore,
        Queu triste sort,
Qu'un homme si sage,

Ne devot jamais morir,
    Qui fait tant rire.

Brûle-Majon par ses grimaces
Etot connu tout partout,
Dens les Bourgs et les Villages,
D'un bout jusqu'à l'autre bout,
    Jusqu'au Pérou ;
Jamais personnage
N'a fait autant de quanchons,
    Que Brûle-Majon.

Quand qui cantoit dessus l'plache
Les samedis et merquedis,
Un couroit vir ses grimaches,
Ses morgues et ses singeries,
    Ses drôleries ;
De Villes en Villages,
Amusoit filles et garchons,
    Par ses canchons.

Y m'tot un nocquet à se bouque,
Autrement dit un cadenat,
Aveuque un coutiau d'quate doubes
Brûle-Majon perchoit sen bras,
    Après tout cha,
Y mengeoit d'z'étoupes,

Par s'bouque sortot à l'instant,
    Des biaux reubans.

Quand il avoit fait ses morgues,
Après cha copoit sen nez,
Aveuque un cat y juoit d'zorgues,
Sen front y broquoit après
    Sur le marqué,
Il étoit en vogue,
Faigeoit aveuque ses maintiens
    Rire tous les gens.

Mais hélas ! che l'homme si sage,
Est mort, prions Dieu pour li,
Deden Tourcoing biau bourgage,
Un chacun s'en réjouis,
    Grands et petits,
Sont tretous bennage,
Qui ne fera pu nulle quanchon,
    Che Brûle-Majon.

Ayant appris d'asseurance,
Que Brûle-Majon étoit mort,
Y ont fé des réjouissances
Malgré qui gêloit si fort,
    Tout d'un accord ;
Y ont fait bonbance ;

Et ils ont fait sur ma foi
    Des fus de joie.

Y n'y avot le fieu Jean-Jacques,
Qu'il avot donné du bo,
Cheti qu'il a étranné s'vaque
Il a donné un chent d'os,
    Et Vaterlo,
Aveu se bielle casaque,
Il a donné vingt bourrées
    Pour les brûlées.

Jean Gilles a donné d'zequettes
Pour mettre à che fu de joie;
L'un a donné se brouette;
Ont fait un fu comme unne moye
    Et gros François
A donné se rufflette,
Et unne pêle pleine de bren
    Pour mettre deden.

Au mitant de che fu entière,
Y n'y avoit un long bâton;
Au debout, il n'y avoit unne ben-
    nière,
Aveuque le nom de Brûle-Majon,
    Fait à fachon;

Enfans, père et mère,
Dansoient tout au tour du fu
　　Comme des perdus.

Y ont jeté des baguettes,
Y ont jué du tambour ;
Du violon èt del trompette,
Enfin chétoit den che jour
　　Sans nul détour ,
Bien mieux qu'à leu fiette,
Y n'ont jamais eu ma foi
　　Unne telle joie.

N'y avoit un des princhipal ,
Qu'un appelle Mathieu Colas ;
Il leux a fait un régal ,
Aveuque des bons gros cats ,
　　Dodus et cras ;
Queu soupé frugal ,
L'za accommodé à fachon
　　Aveu d'zoignons.

Comme y mengeoient sans four-
　　chettes ,
Croyant que chétoit du lapin ;
L'un a attrapé unne tiette ,
Il le mettoit dessus sen pain
　　En ayant faim ;

Mengeoient comme des biettes,
Sans songé que den che plat
      Chétoit du cat.

Den chel fricassé friande,
Un a trouvé unne soris,
Bien poiluse, bielle et grande,
Sitôt toute la compagnie
      Toute ébahie,
Sans faire de demande,
Ont vu qui avoient mangé là
      Tertous du cat.

Ils ont délouffés comme des biettes,
De che cat des gros morciaux;
Ma à leu cœur, à leu tiette,
Délouffoient tous ches lourdeaux
      Plein des séaux;
Qu'eulle belle fiette !
Et pour venger Brûle-Majon,
      J'ai fait le quanchon.

HISTOIRE PLAISANTE
Arrivée à Tourcoing.

Air : *Ecoutez l'aventure.* Noté n.º 2.

Il faut que je vous chante,
Messieurs dans ce moment,
Unne histoire fort plaisante,
D'un bon gros paysan ;
Et d'un jeune Flamand,
Qu'il fut bouté en cage,
Il n'y a point long-temps
Dans Tourcoing beau bourgage.

Ce paysan sans feintise,
Comme il étoit marchand,
Alloit à le marchaudises,
A Bruges, aussi à Gand ;
Un Flamand du canton,
Lui dit en assurance :
Ze lui mon petit garçon,
Toi li faire parlir France.

Le Tourquennois habile,
Répond à ce Flamaud,

Il n'y a nul vard des villes,
U qu'un parle si bien,
Ni qu'un parle pu droit,
Que den notre bourgage ;
Ten fieu, avant trois mos,
Saura bien no langage.

Je m' fie à ton parole,
Répondit le Flamand ;
*Dans Tourcoing à l'écol*e,
Tu l' mettra mon enfant ;
Monsieu, ne craignez rien,
J'eu donne l'assurance ;
A Tourcoing l'on apprend
Fort bien la bienséance.

Après bien des louanges,
Le Flamand et le Wallon,
Ils ont fait un échange
Chacun de leur garçon ;
Le fils du Tourquennois
Fut demeurer en Flandre ;
L'autre, pour parler François,
A Tourcoing fut se rendre.

Le Flamand dans l'école,
N'apprenoit rien du tout,

Il étoit sans frivole,
Moins sage encore plus fou ;
Quand on seroit vingt ans
Dans Tourcoing beau bourgage,
Je défie qu'un Flamand,
D'apprenne leur langage.

Le Tourquennois se fâche,
Voyant que ce garçon,
N'avoit aucune attache
Pour apprendre le Wallon ;
Je te donnerai du bâton
Comme un donne à un âne,
Le Flamand lui répond :
Menyer canniverstane.

Le Tourquennois en rage,
Lui dit à haute voix,
Je te mettrai en cage,
Pour ti parlé François ;
Tout d'même qu'un paroquet,
Je te mettrai en guéole,
T'apprendra à parlé
Putette chonque six paroles.

Ch'Tourquennois sans frivole,
A fé faire tout de bon,
Unne bielle grande guéole.

Pour mettre che garchon ;
L'ayant fait entré deden,
L'a élevé à l'molette,
Et l'a pendu fort bien,
Au mitant del salette.

Se voyant dans la cage,
Ce pauvre garçon Flamand ;
Parloit dans son langage,
Pleuroit amèrement ;
Menyer, Mengod, Menyer,
Ney canísprec France ;
Tay ce misérable pleysir,
Moi layenne grande souffrance.

Dans sa folle entreprise,
Ce gros lourd paysan,
Continuoit ses sottises,
Sur ce garçon Flamand ;
Il lui disoit larron,
Te voilà dans la cage ;
Si t'n'aprend le Wallon
Te n'aura point d'potage.

Après quelques semaines,
Le père de ce garçon,
A Tourcoing se promène,

Entra den se mason ;
Apperçut son garçon,
Deden unne guéole,
Et pour cette action
Réprimanda le drôle.

Commençant sa harangue,
Il dit à ce Flamand,
Pour apprendre la langue
Je l'ai mis la deden ;
Pour apprendre un paroquet
Un les met den des cages,
Mi tout du même j'ai fait,
Pour qui eu su l'langage.

Tu l'est unne tour de bête,
Dit alors le Flamand,
Je te casserai ton tête.,
T'a la mis mon enfant ;
De sa canne cent fois,
Frappa tant qu'il fut lasse,
Dessus le Tourquennois
Qu'il le fit crier grâce.

Si quelqu'un veut apprendre
A parler bon François,
Il n'a qu'à s'aller rendre

Auprès des Tourquennois ;
Ce sont des gens d'esprit,
Pour savoir leur langage,
Pour être bien appris
Ils vous mettront en cage.

CHANSON

Des amours de Michau et de Margot, en patois de Lille.

Air : *Sur les gazons*. (Du Sorcier.)

Te v'la Margot
    Bien à propos,
Je pense à ti revenant d'boire,
Et je viens pour te dire bon soir ;
Je suis amoureux comme un co,
Men cœur bou comme un ochepot,
Tes à mes yeux pu bieille qu'un Ange.
Acheteur nous dirons les gros mots,
Si ta du fond, j'ai de l'avanche,
    Nous marirons Margot.

    Ai ben Michau,
    N'en v'la du biau ;

Te viens acheteur buqué à m'porte,
Aiche l'amour qui te transporte ;
Si t'est crevé, va bate le tonniau,
Te troublerot men cherviau ;
Je ne suis point unne fille de chel
     sorte ;
Va, si ta aujourd'hui si cau,
De te croire je ne suis point si sotte,
  Met ten cu deden liau.

    Tout bas, tout bas,
     Quemenche que t'y va,
Si te saroit me grande peine,
Et l'amour pour ti qui me gêne,
De mi te prendroit du pitié,
Ten cœur den m'panche est gravé,
Comme men cu den mes culottes ;
Ten blanc musiau ten blanc colet,
Me rend pu guai qu'unne marmote,
    Margot nous faut marié.

    Tous ches raisons,
     Ché le boisson,
Qui te les a mis den te bouque,
Autrement men cœur froit douque
     douque
Si chétoit en d'autre occasion ;
Va dormir à te mason,

Demain au matin te sera pu sage,
Si te poursuis encore ten lichon,
De me parlé de mariage,
    Michau que nous rirons.

    Je te dirai
    Margot pour vrai,
Que ché un proverbe d'usage,
Afin de ne point perde corage,
Faut bate le fier quand il est cau,
Je te parle à men pu biau;
Te sais que j'suis un garchon sage,
Te veneras crasse comme un pour-
        chau,
Te vivra étant à ménage,
Comme un pouchin den liau.

    Tes complimens
    Ne sertent à rien,
Aiche que te peut marié à c'soir,
Y faut allé vir che l'homme noir.
Faire parlé d'nous den sen tonniau,
Si t'est content Michau,
Semedi nous irons mettre en nuéche,
Te me donnera un biau enniau,
Un noir pot trouve toudi s'couvle-
        che,
    Vas nous en ferons du biau.

RONDE TOURQUENNOISE.

Air: *Il a secoué.*

Pironne je vous wetle,
Pour être grande assez,
Vous avez sur vos tiette
Un quartron d'ans passé;
Faut-y luronné, luronné,
Pironne, Pironne,
Faut-y luronné, luronné,
Pironne sans marié.
Il faut répéter à chaque couplet le
3.e et 4.e vers du couplet précédent.

Vous êtes bielle et droite,
Comme un épi de blé;
Faut-y luronné. *bis.*

Des cheveux sur vos tiette,
Qui sont tout tortainnés,
Faut-y luronné. *bis.*

Un grand front qui reluit,
Tout comme un écu nué;
Faut-y luronné. *bis.*

Des yeux grands et ouverts,
Tout noir au miroullé,
Faut-y luronné. *bis.*

Un diroit qu'on y wette
Des petits marmousets ;
Faut-y luronné. *bis.*

Un nez et un visage.
Quiand un l'aroit moulé;
Faut-y luronné. *bis.*

Et unne bielle bouque,
Qu'un vodroit pourlecqué ;
Faut-y luronné. *bis.*

Et un biau attriau
Aussi ferme qu'un gré ;
Faut-y luronné. *bis.*

Unne largue potraine,
Toudy ben renserrée;
Faut-y luronné. *bis.*

Le pan de me casaque,
Ne saroit tout muché;
Faut-y luronné. *bis.*

Des bielles fortes és anches,

Mafluse à volonté ;
Faut-y luronné. *bis.*

Vous marchez comme un homme,
Les bras à vos côtés ;
Faut-y luronné. *bis.*

Et arse à vo n'ouvrage,
De jour comme au candelé.
Faut-y luronné. *bis.*

Pour en faire unne femme
N'en v'la ty point assez ?
Faut-y luronné, luronné,
Pironne, Pironne ;
Faut-y luronné, luronné,
Pironne sans marié.

CHANSON

En patois de Tourcoing.

Air : *Ché un pitié d'être fillé.*

En revenant del' ducasse,
J'ai vu derrière unne majon,
Pirot aveuque Tonnette,

Près d'un camp de soucrion ;
  Lorgnant par me frenette,
  Que j'ai ris à fachón.

Pirot aveuque Tonnette,
Près d'un camp de soucrion ;
Pourmirant le Bachelette,
Depuis le tiette au talon ;
  Lorgnant, etc.

Pourmirant le Bachelette,
Depuis le tiette au talon ;
Faut croire qu'elle l'y sanoit bielle,
Car y bageoit sen gronion ;
  Lorgnant, etc.

Faut croire qu'elle l'y sanoit bielle,
Car y bageoit sen gronion ;
L'y donnant sur sen visage
Des doux bagié par quartrons ,
  Lorgnant , etc.

L'y donnant sur sen visage
Des doux bagié par quartrons ;
Pirot montant sur unne herche ,
Afin de vire tant pu long ;
  Lorgnant , etc.

Pirot montant sur unne herche,
Afin de vir tant pu long;
N'ayant apperchu personne,
Retournant près de filion;
    Lorgnant, etc.

N'ayant apperchu personne,
Retournant près de filion;
L'y racontant à l'oreille,
Tout bas unne sequoi de bon;
    Lorgnant, etc.

L'y racontant à l'oreille,
Tout bas unne sequoi de bon;
Je ne sai si elle étoit lasse,
S'sont assi au soucrion;
    Lorgnant, etc.

Je ne sais si elle étoit lasse,
S'sont assi au soucrion;
L'avêture étoit si grande,
Je n'ai pu rien vu de long;
    Lorgnant, etc.

L'avêture étoit si grande,
Je n'ai pu rien vu de long;
En pau après se reliéve,
J'ai apperchu che garchon;
    Lorgnant, etc.

En pau après se reliéve,
J'ai apperchu che garchon,
Qui reblouquoit se maronne
Et sont ennalés pu long ;
    Lorgnant, etc.

Qui reblouquoit se maronne,
Et sont ennalés pu long ;
J'ai été vire den le plache,
J'ai trouvé un gros étron ;
    Lorgnant, etc.

J'ai été vir den le plache,
J'ai trouvé un gros étron ;
Pour encrachië ses terres,
Vela un brave garchon ;
    Lorgnant par une frenette,
    Que j'ai ris à fachon.

CHANSON.

Air : *J'ai mangé du pain bis.*

Noté N.º 4.

Zabaut veut mariée,
Mon Dieu qu'elle est en air :
Et ne veut nen vir l'hiver
Sans homme à sen côté :
Ven ichi men gros Jacques,
Dil-elle à s' n'amoureux,
Fé retourné t'casaque,
Qui n'euche pu de grandes taques,
Nous marirons à deux.

Je n'ose pu bougié,
Ni aller nulle var,
J'ai trop peur du hazard,
Qu'un pourroit me rencontrée ;
A deux un se rasseure,
Etant deden un lit ;
Que l'hiver vienche acheteur,
Je n'arai mi si peur,
Couquée tout près de ty.

Vela men biau rouet ,
De l'étrain den me couche ,
Unne telle aveuque tros louches ,
Pour mié du léburé ;
Un siellot pour s'assire ,
Unne tellette , un témis ;
Unne payelle à frire ,
Jacques laiché vous dire ,
Marié aveuque mi.

Je te ferai mengié ,
Du bon garnu potage ,
Queuquefos des épinnaches ,
Aussi de l'épaisse porée ;
Je te ferai du ghinse ;
Tout comme du lébouli ;
Te verra si ten menge ,
Te vivra comme un prinche ,
Marié aveuque mi.

Je set raccommodé
Les habits à ferlouppe ,
Je filerai des z'étoupes ,
Quand l'Août sera fet ;
Je couserai tes maronnes ,
Du qui seront méchant ,
Et si t' n'est nen ivrogne ,

Quand je n'aros qu'eune pronne,
Te n'dara l'demitant.

Nous avons aquatés
Des hardes plein un coffre,
Mi, men frère Quertoffe,
Qu'nous avons rapporté ;
Nous seront au pu brave,
Le jour de no banquet ;
Nous remplirons nos gaves,
En sortant de le tave,
Nous sendirons couquié.

CHANSON

*D'un Savetier de Tourcoing, qui a
trouvé un moyen pour adoucir la
mauvaise humeur des femmes.*

Air : *La bonne aventure au gué.*

Les Tourquennois font toujours
Des histoires à rire,
Ecoutez le drôle de tour,
Fait tout depuis peu de jours ;

Je vais vous le dire au gué,
Je vais vous le dire.

Un Savetier de Tourcoing,
Nommé Pierre-Jean Gilles ;
Fit un tour de son esprit,
Dont chacun parle de lui,
Des villages et villes ont rit,
Des villages et villes.

Il étoit au cabaret
Le Mardi au soir,
Riant se divertissant,
Passant aisément son temps ;
A force de boire gaiement,
A force de boire.

La femme bien désolée
De voir Jean-Pierre,
Boire et dépenser de bon,
Tout l'argent de sa maison,
Se mit en colère Jennon,
Se mit en colère.

Elle alla au cabaret
Où étoit son homme ;
Lui disant bien tourmenté,
As-tu bientôt bu assez.

Viens ou je t'assomm' crévé,
Viens ou je t'assomme.

Le Savetier un peu gris,
A dit à sa femme,
Entrez dedans buvez une fois,
Puis nous s'en iron tout droit,
Nous couché ensanne au gué,
Nous couché ensanne.

La femme le voyant saoul,
Elle dit en colère,
Sorte ou je vais te donner,
Sans sortir du cabaret,
Des coups d'étrivières au gué,
Des coups d'étrivières.

Craignant d'avoir du bâton,
De sa bonne femme;
Il a payé son écot,
Et s'en allant aussitôt,
Peur d'avoir du blâme au gué,
Peur d'avoir du blâme.

Arrivant dans sa maison,
Il dit à Jeannetté:
Te m'a la fait un affront,
Ma foi j'en aurai raison,

D'une bonne sorte au gué,
D'une bonne sorte.

Il rêve dans son esprit
Comme il falloit faire ;
Se sont couché dans leur lit,
La femme s'est endormie ;
La drôle d'affaire qu'il fit,
La drôle d'affaire.

Il prit des hars et bâtons,
Sans faire d'appareille ;
Les loyant au lit de bon,
Pour en faire unne prison,
Pendant l' sommeil de Jennon,
Pendant son sommeil.

Pour se n'esprit contenté
L'affaire est bien drôle,
Du lesbouli il a fait
Pour en donner à mengé,
Plein unne casserole au gué,
Plein unne casserole.

Le lendemain au matin
Le femme se réveille,
Trouvant sen lit bien et biau,
Comme eune guéole d'ogeau ;

El' dit queu nouvelle Sabiau,
El' dit queu nouvelle.

Le Savetier ly répond,
Souvenez-vous Jennette,
Que je vous ai dit l'autre jour ;
Que j'vous aurois fait un tour,
Vous y v'la tout net' mamour,
Vous y v'la tout nette.

Pendant quatre jours entiers
Il laicha Jennette,
Renfermée comme un lapin,
Tappoit des pieds et des mains ;
D'une bonne sorte enfin ,
D'une bonne sorte.

Pierrot dit sans s'tourmenté,
D'une bonne grâce,
Apredé mieux a parlé
Quand je suis au cabaret,
Sans faire de grimace au gué ,
Sans faire de grimace.

La femme aussitôt lui dit,
Laiche men sortir,
Vous laicherai faire le lundi ,
Le mardi et mercredi,

Sans pu rien vous dire drochi,
Sans pu rien vous dire.

Il a défait les bâtons
Lui donnant passage,
Le délivrant du prison
Sur ses propositions,
D'être en pau pu sage Jennon,
D'être en pau pu sage.

Mari qui aimez les pots,
Le vin et la bière,
Si vos femmes vous vont voir,
Et vous chanter poûle au soir,
Pensez à Jean-Pierre au gué,
Pensez à Jean-Pierre.

CALENDRIER

GRÉGORIEN,

POUR L'ANNÉE BISSEXTILE

1832.

A LILLE,

Chez VANACKERE FILS, Imprimeur-Libraire,
place du Théâtre, N.º 10.

ARTICLES DU CALENDRIER.

SIGNES DU ZODIAQUE.

Septentrion. — *Méridionaux.*

♈	Le Bélier.	♎	La Balance.
♉	Le Taureau.	♏	Le Scorpion.
♊	Les Gémeaux.	♐	Le Sagittaire.
♋	L'Écrevisse.	♑	Le Capricorne.
♌	Le Lion.	♒	Le Verseau.
♍	La Vierge.	♓	Les Poissons.

☉ Le Soleil.

FIGURES ET NOMS DES PLANÈTES.

☿	Mercure.	♃	Jupiter.	⚴	Pallas.
♀	Vénus.	♄	Saturne.	⚵	Junon.
	La Terre.	♅	Uranus.	⚶	Vesta.
♂	Mars.	⚳	Cérès.		

☾ La Lune, satellite de la Terre.

SAISONS.

Printemps, 20 Mars, à 2 h. 20 du soir.
Été, 21 Juin, à 11 h. 38′ du matin.

Automne, 23 Septembre, à 1 h. 48′ du matin.
Hiver, 21 Décembre, à 7 h. 5′ du soir.

FÊTES MOBILES.

Septuagésime, 19 *Fév.*
Cendres, 7 *Mars*
PÂQUES, 22 *Avril.*
Rogat. 28, 29 et 30 *Mai.*
ASCENSION, 31 *Mai.*
PENTECOTE, 10 *Juin.*

TRINITÉ, 17 *Juin.*
FÊTE-DIEU, 21 *Juin.*
Avent, 2 *Décembre.*
De l'Épiphanie à la Septuagésime, 6 *Dim.*
De la Pent. à l'Av. 24 *D.*

Compul Ecclésiastique.
Nombre d'or . . . . 9.
Épacte . . . XXVIII.
Cycle solaire . . . 21.
Indiction Romaine. 5.
Lettre Dominicale AG.

Quatre-Temps.
14, 16 et 17 Mars.
13, 15 et 16 Juin.
19, 21 et 22 Septembre.
19, 21 et 22 Décembre.

JANVIER 1832. *Signe*, le Verseau ≈.

🌑 N. L. le 3 , à 3 h. 22′ du matin. *Apogée le* 1.
🌓 P. Q. le 11, à 1 h. 0′ du matin. *Périgée le* 16.
🌕 P. L. le 17 , à 4 h. 2′ du soir.
🌗 D. Q. le 24, à 5 h. 13′ du soir. *Apogée le* 28.

JOURS, DATES et Noms des Saints.			Lev. duS.	Cou. duS.	Lever delaL.		Couc. delaL.	
			H. M.	H. M.	H.	M.	H.	M.
1	D.	*Circoncision.*	7 53	4 8	6	5	3	8
2	l.	s. Macaire, ab.	7 52	4 8	7	1	3	54
3	m.	ste. Géneviève.	7 52	4 9	7	51	4	44
4	m.	s. Rigobert, év.	7 51	4 9	8	35	5	38
5	j.	s. Siméon, styl.	7 50	4 10	9	13	6	36
6	v.	*Épiphanie.*	7 50	4 10	9	44	7	37
7	s.	s. Lucien , év.	7 49	4 11	10	12	8	42
8	D.	ste. Gudule.	7 48	4 12	10	39	9	48
9	l.	s. Julien , m.	7 48	4 13	11	4	10	55
10	m.	s. Guillaume.	7 47	4 14	11	29	Matin.	
11	m.	s. Hygin, pap.	7 46	4 14	11	55	0	4
12	j.	s. Arcade, mar.	7 45	4 15	0	23	1	16
13	v.	Bapt. de N. S.	7 44	4 16	0	55	2	31
14	s.	s. Hilaire, év.	7 43	4 17	1	34	3	47
15	D.	S. N. de Jésus.	7 42	4 18	2	22	5	1
16	l.	s. Fursi, abbé.	7 41	4 20	3	20	6	10
17	m.	s. Antoine, ab.	7 40	4 21	4	27	7	11
18	m.	C. s. Pierre à R.	7 39	4 22	5	41	8	2
19	j.	s. Canut, Roi.	7 38	4 23	6	58	8	44
20	v.	ss. Fab. et Séb.	7 36	4 24	8	13	9	19
21	s.	ste. Agnès , v.	7 35	4 25	9	25	9	46
22	D.	s. Vincent, m.	7 34	4 27	10	35	10	13
23	l.	s. Raymond, c.	7 33	4 28	11	43	10	40
24	m.	s. Timothée.	7 31	4 29	Matin.		11	4
25	m	Conv. de s. P.	7 30	4 30	0	47	11	29
26	j.	s. Polycarpe.	7 29	4 32	1	50	11	56
27	v	s. Jean-Chrys.	7 27	4 33	2	52	0	27
28	s.	s. Charlemagne	7 26	4 35	3	51	1	2
29	D.	s. François de S.	7 25	4 36	4	46	1	42
30	l.	ste. Aldegonde.	7 23	4 38	5	37	2	30
31	m.	s. Pierre Nolas.	7 22	4 39	6	23	3	24

4

FÉVRIER. *Signe*, les Poissons. ♓

◉ N. L. le 1, à 10 h. 25′ du soir.
☽ P. Q. le 9, à 11 h. 22′ du matin. *Périgée le 13.*
☾ P. L. le 16, à 3 h. 28′ du matin.
☾ D. Q. le 23, à o h. 31′ du soir. *Apogée le 25.*

JOURS, DATES et Noms des Saints.			Lev. duS.		Cou. duS.		Lever delaL.		Couch. delaL.	
			H.	M.	H.	M.	R.	M.	H.	M.
1	m.	s. Ignace , év.	7	20	4	41	7	3	4	21
2	j.	*Purification.*	7	19	4	42	7	38	5	22
3	v.	s. Blaise, évêq.	7	17	4	44	8	9	6	26
4	s.	s. André de C.	7	16	4	45	8	36	7	33
5	D.	ste. Agathe, v.	7	14	4	47	9	2	8	40
6	l.	ste Dorothée.	7	12	4	48	9	27	9	49
7	m.	s. Romuald, a.	7	11	4	50	9	53	11	0
8	m.	s. Jean de Mat.	7	9	4	51	10	19	Matin.	
9	j.	ste. Apolline, v.	7	8	4	53	10	50	0	11
10	v.	ste. Scholastiq.	7	6	4	55	11	25	1	23
11	s.	s. Séverin.	7	4	4	56	0	8	2	37
12	D.	ste. Eulalie, v.	7	3	4	58	0	59	3	46
13	l.	s. Martinien.	7	1	5	0	2	0	4	50
14	m.	s. Valentin, p.	6	59	5	1	3	10	5	45
15	m.	s. Faustin , m.	6	58	5	3	4	23	6	31
16	j.	ste. Julienne.	6	56	5	5	5	41	7	9
17	v.	s. Donat, mart.	6	54	5	6	6	57	7	42
18	s.	s. Siméon.	6	53	5	8	8	11	8	11
19	D.	*Septuagésime.*	6	51	5	10	9	22	8	38
20	l.	s. Eleuthère.	6	49	5	12	10	30	9	3
21	m.	s. Flavien.	6	47	5	13	11	35	9	29
22	m.	Ch. s. Pierre à A.	6	46	5	15	Matin.		9	56
23	j.	s. Florent.	6	44	5	17	0	38	10	25
24	v.	s. Prétextat.	6	42	5	19	1	39	10	50
25	s.	s. Mathias, ap.	6	41	5	20	2	38	11	38
26	D.	*Sexagésime.*	6	39	5	22	3	31	0	23
27	l.	s. Alexandre.	6	37	5	24	4	18	1	13
28	m.	ste. Honorine.	6	35	5	26	5	1	2	10
29	m.	s. Romain, ab.	6	33	5	27	5	38	3	11

MARS. *Signe*, le Bélier. ♈

N. L. le 2, à 3 h. 23' du soir.
P. Q. le 9, à 7 h. 22' du soir. *Périgée le 12.*
P. L. le 16, à 3 h. 31' du soir.
D. Q. le 24, à 8 h. 50' du matin. *Apogée le 24.*

JOURS, DATES et Noms des Saints.			Lev. du S	Cou. du S	Lever de la L.	Couch. de la L.
			H. M.	H. M.	H. M.	H. M.
1	j.	s. Aubin.	6 32	5 29	6 11 Matin.	4 15 Soir.
2	v.	s. Simplice, p.	6 30	5 31	6 41	5 23
3	s.	ste. Cunégonde	6 28	5 33	7 9	6 32
4	D.	*Quinquagés.*	6 26	5 35	7 33	7 42
5	l.	s Théophile.	6 24	5 36	7 59	8 52
6	m.	ste. Colette.	6 23	5 38	8 25	10 5
7	m.	*Les Cendres.*	6 21	5 40	8 55	11 18
8	j.	s. Jean de Dieu	6 19	5 42	9 30	Matin.
9	v.	ste. Françoise.	6 17	5 44	10 9	0 32
10	s.	Les 40 Mart.	6 15	5 45	10 56	1 41
11	D.	*Quadragésime*	6 14	5 47	11 52	2 45
12	l.	s. Grégoire, p.	6 12	5 49	0 57 Soir.	3 41
13	m.	ste Euphrasie.	6 10	5 51	2 8	4 29
14	m.	ste. Mathil. 4 T.	6 8	5 53	3 23	5 10
15	j.	s. Longin, m.	6 6	5 54	4 38	5 45
16	v.	s. Abraham 4 T.	6 5	5 56	5 53	6 15
17	s.	s. Patrice. 4 T.	6 3	5 58	7 6	6 43
18	D.	*Reminiscere.*	6 1	6 0	8 16	7 9
19	l.	s. Joseph, conf.	5 59	6 2	9 23	7 34
20	m.	s. Joachim, c.	5 57	6 3	10 30	8 0
21	m.	s. Bénoit, ab.	5 56	6 5	11 34	8 29
22	j.	s. Basile.	5 54	6 7	Matin.	9 3
23	v.	s. Victorien, c.	5 52	6 9	0 35	9 40
24	s.	s. Siméon, m.	5 50	6 11	1 30	10 22
25	D.	*Oculi Annonc.*	5 48	6 13	2 20	11 11
26	l.	s. Ludger, év.	5 47	6 14	3 5	0 4 Soir.
27	m.	s. Rnper, év.	5 45	6 16	3 43	1 3
28	m.	s. Gontran, roi	5 43	6 18	4 18	3 7
29	j.	s. Bertholde, c.	5 41	6 20	4 49	3 14
30	v.	s. Amédée., d.	5 39	6 22	5 17	4 23
31	s.	s. Benjamin.	5 38	6 23	5 44	5 33

AVRIL. *Signe*, le Taureau. ♉

◉ N. L. le 1, à 5 h. 11′ du matin. *Périgée le 6.*
☽ P. Q. le 8, à 1 h. 59′ du matin.
◐ P. L. le 15, à 4 h. 10′ du matin. *Apogée le 21.*
◑ D. Q. le 23, à 4 h. 22′ du m. ◉ N. L. le 30, à 3 h. 49′ s.

JOURS, DATES et Noms des Saints.			Lev. duS.	Cou. duS.	Lever delaL.	Couch. delaL.
			H. M.	H. M.	H. M.	H. M.
1	D.	*Lætare.*	5 36	6 25	6 8 Matin.	6 46 Soir
2	l.	s. Hugues.	5 34	6 27	6 35	8 0
3	m.	s. Richard, ev.	5 32	6 29	7 4	9 15
4	m.	s. Ambroise.	5 30	6 31	7 37	10 29
5	j.	s. Vincent Fer.	5 29	6 32	8 15	11 41
6	v.	s. Célestin, p.	5 27	6 34	9 0	Matin.
7	s.	s. Hégésipe, c.	5 25	6 36	9 54	0 49
8	D.	*La Passion.*	5 23	6 38	10 56	1 47
9	l.	ste Marie.	5 22	6 39	0 5 Soir	2 37
10	m.	s. Macaire, év.	5 20	6 41	1 17	3 20
11	m.	s. Léon, p. d.	5 18	6 43	2 31	3 55
12	j.	s. Jules, pape.	5 16	6 45	3 44	4 25
13	v.	*N. D. des 7 doul.*	5 14	6 46	4 56	4 53
14	s.	s. Tiburce, m.	5 13	6 48	6 7	5 18
15	D.	*Les Rameaux*	5 11	6 50	7 16	5 43
16	l.	s. Druon, conf.	5 9	6 51	8 24	6 8
17	m.	s. Anicet, p.	5 8	6 53	9 29	6 37
18	m.	s. Parfait, m.	5 6	6 55	10 31	7 7
19	j.	*La Cène.*	5 4	6 57	11 29	7 43
20	v.	*Mort de N. S.*	5 3	6 58	Matin.	8 23
21	s.	s. Anselme, év.	5 1	7 0	0 22	9 9
22	D.	*PAQUES.*	4 59	7 2	1 9	10 1
23	l.	*Pâques.*	4 58	7 3	1 51	10 58
24	m.	s. Fidèle, m.	4 56	7 5	2 26	11 59
25	m.	s. Marc. Abst.	4 54	7 7	2 57	1 3 Soir
26	j.	s. Clète.	4 53	7 8	3 26	2 10
27	v.	s. Anthime, év.	4 51	7 10	3 51	3 19
28	s.	s. Vital, mart.	4 49	7 11	4 17	4 31
29	D.	*Quasimodo.*	4 48	7 13	4 42	5 45
30	l.	ste. Cath. de S.	4 46	7 15	5 10	7 2

MAI. *Signe,* les Gémeaux. ♊

P. Q. le 7, à 8h. 15′ du matin. *Périgée le 2.*
P. L. le 14, à 5 h. 33′ du soir. *Apogée le 18.*
D. Q. le 22, à 9 h. 29′ du soir.
N. L. le 30, à 0 h. 5′ du matin. *Périgée le 31.*

JOURS , DATES et Noms des Saints.			Lev. du S	Cou u S	Lever de la L.	Couch. de la L.
			H. M.	H. M.	H. M	H. M.
1	m.	ss. Jacq. et PH.	4 45	7 16	5 41 Matin	8 18 Soir
2	m.	s. Athanase, p.	4 43	7 18	6 17	9 34
3	j.	Invent. ste. Cr.	4 42	7 19	6 59	10 45
4	v.	ste. Monique.	4 40	7 21	7 52	11 49
5	s.	s. Maurant, ab.	4 38	7 22	8 52	Matin.
6	D.	s. JEAN P. Lat.	4 37	7 24	10 0	0 43
7	l.	ste. Flavie.	4 35	7 25	11 11	1 27
8	m.	App. s. Michel	4 34	7 27	0 25 Soir	2 2
9	m.	Tr. s. Nicolas	4 32	7 28	1 38	2 34
10	j.	s. Antonin , ar.	4 31	7 30	2 48	3 1
11	v.	s. Gengoul, m.	4 30	7 31	3 58	3 26
12	s.	s. Nérée, m.	4 28	7 33	5 6	3 50
13	D.	s. Servais, év.	4 27	7 34	6 13	4 14
14	l.	s. Boniface , m.	4 25	7 35	7 19	4 40
15	m.	s. Isidore, m.	4 24	7 37	8 23	5 10
16	m.	s. Bonoré , év.	4 23	7 38	9 23	5 42
17	j.	ste. Restitue.	4 21	7 39	10 19	6 20
18	v.	s. Venant.	4 20	7 40	11 8	7 4
19	s.	s. Yves.	4 19	7 42	11 50	7 53
20	D.	s. Bernard.	4 18	7 43	Matin.	8 47
21	l.	s. Hospice, réc.	4 17	7 44	0 27	9 46
22	m.	ste Julie , v.	4 15	7 45	1 0	10 49
23	m.	s. Didier, arch.	4 14	7 46	1 29	11 54
24	j.	ste. Jeanne,	4 13	7 47	1 54	1 0
25	v.	s. Urbain, pap	4 12	7 48	2 18	2 9 Soir
26	s.	s. Philippe de N.	4 11	7 49	2 42	3 20
27	D.	s. Jules.	4 10	7 50	3 8	4 35
28	l.	*Rogations.*	4 9	7 51	3 37	5 51
29	m.	s. Maxime Rog.	4 8	7 52	4 9	7 10
30	m.	s. Ferdin. Rog.	4 7	7 53	4 49	8 26
31	j.	ASCENSION.	4 6	7 54	5 38	9 35

JUIN. *Signe,* l'Ecrevisse. ♋

P. Q. le 5, à 3 h. 8′ du soir.
P. L. le 13, à 7 h. 53′ du mat. *Apogée le 15.*
D. Q. le 21, à 11h. 23′ du matin.
N. L. le 28, à 7 h. 8′ du matin. *Périgée le 28.*

JOURS, DATES et Noms des Saints.			Lev. du S	Cou. du S	Lever de la L.		Couch. de la L.	
			H. M.	H. M.	H.	M.	H.	M.
1	v.	s. Fortuné.	4 5	7 55	6	36	10	35
2	s.	s. Erasme.	4 5	7 56	7	44	11	24
3	D.	ste. Clotilde.	4 4	7 57	8	56	Matin.	
4	l.	s. Quirin, év.	4 3	7 57	10	11	0	4
5	m.	s. Boniface.	4 2	7 58	11	24	0	36
6	m.	s. Norbert, év.	4 2	7 59	0	36	1	4
7	j.	s. Robert, ab.	4 1	7 59	1	46	1	30
8	v.	s. Médard.	4 0	8 0	2	55	1	54
9	s.	ste. Pélagie *V. J.*	4 0	8 0	4	1	2	17
10	D.	PENTECOTE.	3 59	8 1	5	7	2	42
11	l.	s. Barnabé, ap.	3 59	8 1	6	11	3	9
12	m.	s. Onuphre.	3 59	8 2	7	11	3	40
13	m.	s. Antoine, *4 T.*	3 58	8 2	8	8	4	15
14	j.	s. Basile, év.	3 58	8 2	9	0	4	56
15	v.	s. Vite. *4 T.*	3 58	8 3	9	45	5	43
16	s.	s. François *4 T.*	3 57	8 3	10	24	6	35
17	D.	*Trinité.*	3 57	8 3	10	58	7	32
18	l.	ste. Marine, v.	3 57	8 3	11	28	8	34
19	m.	s. Gervais et P.	3 57	8 3	11	54	9	37
20	m.	s. Silvère, p.	3 57	8 4	Matin.		10	41
21	j.	*Fête-Dieu.*	3 57	8 4	0	17	11	47
22	v.	s. Paulin, év.	3 57	8 4	0	41	0	55
23	s.	s. Liébert, év.	3 57	8 3	1	5	2	7
24	D.	*N. de s. J. -B.*	3 57	8 3	1	31	3	21
25	l.	Tr. de s. Eloi.	3 57	8 3	2	0	4	38
26	m.	s. Jean et Paul.	3 57	8 3	2	35	5	53
27	m.	s. Ladislas, roi.	3 58	8 3	3	18	7	6
28	j.	s. Irénée.	3 58	8 2	4	11	8	13
29	v.	*ss. Pierre et P.*	3 58	8 2	5	15	9	9
30	s.	Comm. s. Paul.	3 59	8 2	6	28	9	56

JUILLET. *Signe*, le Lion. ♌

P. Q. le 4, à 11 h. 42′ du soir.
P. L. le 12, à 11 h. 4′ du soir. *Apogée le 12.*
D. Q. le 20, à 10 h. 11′ du soir. *Périgée le 26.*
N. L. le 27, à 2 h. 5′ du soir.

JOURS, DATES et Noms des Saints.			Lev. du S	Cou. du S	Lever de la L.		Couch. de la L.	
			H. M.	H. M.	H.	M.	H.	M.
1	D.	s. Rombaut, év.	3 59	8 1	7	47	10	32
2	l.	Visitat. de la V.	3 59	8 0	9	4	11	3
3	m.	s. Hyacinthe.	4 0	8 0	10	18	11	30
4	m.	Tr. s. Martin.	4 0	8 0	11	29	11	55
5	j.	ste. Zoé, mart.	4 1	7 59	0	39	Matin.	
6	v.	ste. Godelive.	4 2	7 58	1	47	0	19
7	s.	s. Willebaud.	4 2	7 58	2	53	0	43
8	D.	s. Elisabeth, r.	4 3	7 57	3	57	1	9
9	l.	Les 10 Mart. G.	4 3	7 56	4	58	1	38
10	m.	ste. Félicité, m.	4 4	7 56	5	55	2	11
11	m.	Tr. de s. Benoît	4 5	7 55	6	48	2	50
12	j.	s. Gualbert, ab.	4 6	7 54	7	37	3	35
13	v.	s. Anaclet, pr.	4 7	7 53	8	19	4	25
14	s.	s. Bonaventure	4 8	7 52	8	55	5	21
15	D.	s. Henri, emp.	4 9	7 51	9	26	6	21
16	l.	N.-D. du M. C.	4 10	7 50	9	53	7	23
17	m.	s. Alexis, conf.	4 11	7 49	10	17	8	27
18	m.	s. Arnould, év.	4 11	7 48	10	40	9	33
19	j.	s. Vincent de P.	4 12	7 47	11	3	10	40
20	v.	ste. Marguerite	4 14	7 46	11	28	11	48
21	s.	s. Victor, m.	4 15	7 45	Matin.		0	59
22	D.	ste. Marie-M.	4 16	7 44	0	56	2	12
23	l.	s. Apollinaire.	4 17	7 42	0	29	3	26
24	m.	ste. Christine.	4 18	7 41	1	7	4	39
25	m.	s. Jacq. ets. Ch.	4 19	7 40	1	53	5	48
26	j.	ste. Anne.	4 20	7 39	2	50	6	49
27	v.	s. Désiré, év.	4 22	7 37	3	58	7	41
28	s.	s. Nazaire.	4 23	7 36	5	15	8	23
29	D.	ste. Marthe, v.	4 25	7 35	6	35	8	58
30	l.	s. Abdon, m.	4 26	7 34	7	54	9	27
31	m.	s. Ignace de L.	4 27	7 32	9	9	9	53

AOUT. *Signe*, la Vierge. m

P. Q. le 3, à 10 h. 58' du matin. *Apogée le 8.*
P. L. le 11, à 2 h. 37' du soir.
D. Q. le 19, à 6 h. 42' du matin. *Périgée le 24.*
N. L. le 25, à 9 h. 53' du soir.

JOURS, DATES et Noms des Saints.			Lev. du S	Cou. du S	Lever de la L.	Couch. de la L.
			H. M.	H. M.	H. M.	H. M.
1	m.	s. Pierre ès—L.	4 29	7 31	10 23 Mat.	10 19 Soir
2	j.	N.-D. des Ang.	4 30	7 29	11 34 Mat.	10 44 Soir
3	v.	Inv. s. Etienne.	4 31	7 28	0 41 Soir	11 10
4	s.	s. Dominique.	4 33	7 26	1 48 Soir	11 39
5	D.	N.-D. aux Neig.	4 34	7 25	2 51	Matin.
6	l.	Tr. de N. S.	4 36	7 24	3 49	0 12
7	m.	s. Gaëtan de T.	4 37	7 22	4 44	0 49
8	m.	s. Cyriaque.	4 39	7 21	5 35	1 32
9	j.	s. Romain, m.	4 40	7 19	6 19	2 21
10	v.	s. Laurent, ar.	4 42	7 18	6 57	3 15
11	s.	ste. Susanne, v.	4 43	7 16	7 30	4 15
12	D.	ste. Claire, v.	4 45	7 14	7 58	5 17
13	l.	s. Hypolite.	4 46	7 13	8 24	6 21
14	m.	s. Eusèbe. *V. J.*	4 48	7 11	8 47	7 26
15	m.	ASSOMPTION	4 50	7 10	9 10	8 32
16	j.	s. Roch, conf.	4 51	7 8	9 34	9 39
17	v.	s. Mammez, m.	4 53	7 6	10 0	10 49
18	s.	ste. Hélène.	4 55	7 5	10 30	0 0 Soir
19	D.	ste. Thècle.	4 56	7 3	11 5	1 13 Soir
20	l.	s. Bernard, ab.	4 58	7 2	11 46	2 24
21	m.	ste. Franç. de C.	4 59	7 0	Matin.	3 33
22	m.	s. Simphorien.	5 1	6 58	0 38	4 37
23	j.	s. Philippe B.	5 3	6 57	1 41	5 33
24	v.	s. Barthélémi.	5 4	6 55	2 53	6 19
25	s.	s. Louis, Roi.	5 6	6 53	4 11	6 58
26	D.	s. Zéphirin, p.	5 8	6 52	5 30	7 31
27	l.	s. Césaire d'Ar.	5 10	6 50	6 40	7 59
28	m.	s. Augustin, év.	5 11	6 48	8 6	8 24
29	m.	Déc. des J.-B.	5 13	6 46	9 19	8 40
30	j.	ste. Rose de L.	5 15	6 45	10 29	9 16
31	v.	s. Raymond N.	5 16	6 43	11 39	9 45

SEPTEMBRE. *Signe*, la Balance. ♎

P. Q. le 2, à 1 h. 40′ du matin. *Apogée le 5.*
P. L. le 10, à 5 h. 42′ m. du matin.
D. Q. le 15, à 1 h. 54′ du soir. *Périgée le 21.*
N. L. le 24, à 7 h. 17′ du matin.

JOURS, DATES et Noms des Saints.			Lev. du S.	Cou. du S.	Lever de la L.		Couch. de la L.	
			H. M.	H. M.	H.	M.	H.	M.
1	s.	s. Gilles, abbé.	5 18	6 41	0	43 Soir	10	15 Soir
2	D.	s. Etienne, Roi.	5 20	6 39	1	47	10	53
3	l.	ste. Séraphie.	5 22	6 38	2	46	11	35
4	m.	ste. Rosalie, v.	5 23	6 36	3	38	Matin.	
5	m.	s. Bertin, abb.	5 25	6 34	4	24	0	22
6	j.	s. Zacharie, p.	5 27	6 33	5	3	1	13
7	v.	ste. Reine, v.	5 29	6 31	5	37	2	10
8	s.	*Nativ. de N. D.*	5 30	6 29	6	7	3	12
9	D.	s. Omer, év.	5 32	6 27	6	34	4	18
10	l.	s. Nicol. de Tol.	5 34	6 25	6	59	5	25
11	m.	ss. Prote et H.	5 36	6 24	7	24	6	32
12	m.	s. Guidon, c.	5 37	6 22	7	48	7	39
13	j.	s. Aimé, arch.	5 39	6 20	8	12	8	48
14	v.	Exalt. deste. C.	5 41	6 18	8	39	9	59
15	s.	s. Emile.	5 42	6 17	9	12	11	11
16	D.	ste. Euphémie.	5 44	6 15	9	51	0	22 Soir
17	l.	s. Lambert, év.	5 46	6 13	10	39	1	32
18	m.	ste. Sophie.	5 48	6 11	11	36	2	37
19	m.	s. Janvier, 4 T.	5 50	6 10	Matin.		3	34
20	j.	s. Eustache, m.	5 52	6 8	0	42	4	22
21	v.	s. Matthieu 4 T.	5 53	6 6	1	56	5	2
22	s.	s. Maurice. 4 T.	5 55	6 4	3	14	5	37
23	D.	s. Lin, p. mart.	5 57	6 2	4	32	6	8
24	l.	N. D. de la Merci	5 59	6 0	5	49	6	34
25	m.	s. Firmin, év.	6 1	5 59	7	4	6	58
26	m.	ste. Justine, v.	6 2	5 57	8	17	7	23
27	j.	ss. Côme et D.	6 4	5 55	9	29	7	51
28	v.	s. Wenceslas.	6 6	5 53	10	38	8	22
29	s.	Déd. s. Michel.	6 8	5 52	11	44	8	56
30	D.	s. Jérôme, pr.	6 10	5 50	0 S. 44		9	36

OCTOBRE. *Signe*, le Scorpion. ♏

P. Q. le 1, à 7 h. 46' du soir. *Apogée le 2.*
P. L. le 9, à 7 h. 45' soir. *Périgée le 17.*
D. Q. le 16, à 8 h. 43' du soir. *Apogée le 30.*
N. L. le 23, à 6 h. 58' s. P. Q. le 31, à 4 h. 15' s.

JOURS, DATES et Noms des Saints.			Lev. du S	Cou. du S	Lever de la L.		Couch. de la L.	
			H. M.	H. M.	H.	M.	H.	M.
1	l.	ss. Remi et Piat	6 11	5 48	1	39 Soir	10	22 Soir
2	m.	ss. Anges gard.	6 13	5 46	2	28	11	13
3	m.	s. Denis, mart.	6 15	5 44	3	10	Matin.	
4	j.	s. François d'A.	6 17	5 43	3	47	0	9
5	v.	s. Placide, conf	6 18	5 41	4	19	1	9
6	s.	s. Bruno, conf.	6 20	5 39	4	47	2	13
7	D.	s. Marc, pape.	6 22	5 37	5	9	3	20
8	l.	ste. Brigitte, v.	6 24	5 36	5	36	4	28
9	m.	s. Ghislain, év.	6 26	5 34	5	59	5	35
10	m.	s. Françoise de B.	6 27	5 32	6	23	6	44
11	j.	s. Gomer, conf.	6 29	5 30	6	50	7	55
12	v.	s. Maximilien.	6 31	5 28	7	22	9	10
13	s.	s. Edouard, R.	6 33	5 27	7	59	10	24
14	D.	s. Calixte, p. m.	6 34	5 25	8	44	11	36
15	l.	ste. Thérèse, v.	6 36	5 23	9	38	0	42 Soir
16	m.	s. Martinien.	6 38	5 21	10	41	1	40 Soir
17	m.	s. Florentin, év.	6 40	5 20	11	51	2	29
18	j.	s. Luc, évang.	6 41	5 18	Matin.		3	9
19	v.	s. Pierre d'Alc.	6 43	5 16	1	5	3	43
20	s.	s. Caprais, m.	6 45	5 14	2	21	4	15
21	D.	ste. Ursule.	6 47	5 13	3	36	4	42
22	l.	s. Mellon, év.	6 48	5 11	4	50	5	6
23	m.	s. Séverin, év.	6 50	5 10	6	4	5	31
24	m.	s. Magloire, év.	6 52	5 8	7	16	5	58
25	j.	ss. Crépin et C.	6 53	5 6	8	27	6	26
26	v.	s. Evariste, pr.	6 55	5 4	9	35	6	59
27	s.	s. Frumence.	6 57	5 2	10	38	7	35
28	D.	ss. Simon et J.	6 58	5 1	11	36	8	18
29	l.	s. Narcisse, p.	7 0	4 59	0	29 Soir	9	7
30	m.	s. Lucain.	7 2	4 58	1	15 Soir	10	2
31	m.	s. Quentin *V. J.*	7 4	4 56	1	54	10	59

NOVEMBRE. *Signe* le Sagittaire. ↗

- P. L. le 8, à 8 h. 39′ du matin. *Périgée le* 11.
- D. Q. le 15, à 4 h. 1′ du matin.
- N. L. le 22, à 9 h. 26′ du matin. *Apogée le* 27.
- P. Q. le 30, à 0 h. 42′ du soir.

JOURS, DATES et Noms des Saints.			Lev. du S.	Cou. du S	Lever de la L	Couch. de la L.
			H. M.	H. M.	H. M.	H. M.
1	j.	TOUSSAINT	7 5	4 54	2 25 Soir	Matin.
2	v.	*Com. des Morts*	7 7	4 53	2 52	0 1
3	s.	s. Hubert, év.	7 8	4 51	3 18	1 5
4	D.	s. Charles B.	7 10	4 49	3 42	2 11
5	l.	s. Zacharie, p.	7 11	4 48	4 5	3 19
6	m.	s. Léonard, c.	7 13	4 46	4 28	4 28
7	m.	s. Ernest, év.	7 15	4 45	4 54	5 40
8	j.	Les 4 SS. cour.	7 16	4 43	5 23	6 55
9	v.	s. Mathurin, c.	7 18	4 42	5 56	8 11
10	s.	s. Juste, évêq.	7 19	4 40	6 38	9 24
11	D.	s. Martin, arc.	7 21	4 39	7 31	10 34
12	l.	s. René, év.	7 22	4 37	8 32	11 37
13	m.	s. Homobon, c.	7 24	4 36	9 40	0 30 Soir
14	m.	s. Albéric, év.	7 25	4 34	10 52	1 13
15	j.	s. Eugène, év.	7 27	4 33	Matin.	1 48
16	v.	s. Edmond, arc.	7 28	4 32	0 6	2 18
17	s.	s. Grégoire, év.	7 29	4 30	1 22	2 45
18	D	s. Odon, abbé.	7 30	4 29	2 36	3 9
19	l.	ste. Elisabeth.	7 32	4 28	3 48	3 33
20	m.	s. Félix de Val.	7 33	4 26	4 59	3 57
21	m.	Prés. de N. D.	7 34	4 25	6 9	4 23
22	j.	ste. Cécile, v.	7 35	4 24	7 17	4 54
23	v.	s. Clément, p.	7 37	4 23	8 23	5 29
24	s.	ste. Flore, v.	7 38	4 22	9 23	6 8
25	D.	ste. Catherine.	7 39	4 21	10 19	6 54
26	l.	s. Pierre d'Al.	7 40	4 19	11 9	7 45
27	m.	s. Maxime, é.	7 41	4 18	11 49	8 42
28	m.	s. Sosthène.	7 42	4 17	0 22 Soir	9 42
29	j.	s. Saturnin, m.	7 43	4 16	0 50	10 45
30	v.	s. André, ap.	7 44	4 15	1 16	11 48

DECEMBRE. *Signe*, le Capricorne. ♑

P. L. le 7, à 8h. 37' du soir. *Périgée le* 9.

D. Q. le 14, à 0 h. 41' du soir.

N. L. le 22, à 2 h. 45' du matin. *Apogée le* 25.

P. Q. le 30, à 8 h. 10' du matin.

JOURS , DATES et Noms des Saints.			Lev. du S	Cou. du S	Lever de la L		Couch. de la L	
			H. M.	H. M.	H.	M.	H.	M.
1	s.	s. Eloi , évêq.	7 45	4 15	1	39	Matin.	
2	D.	*Avent.*	7 46	4 14	2	1	0	54
3	l.	s. François X.	7 47	4 13	2	23	2	1
4	m.	ste. Barbe , v.	7 48	4 12	2	46	3	9
5	m.	s. Sabbas, abbé.	7 49	4 11	3	12	4	20
6	j.	s. Nicolas , év.	7 49	4 10	3	43	5	35
7	v.	s. Ambroise.	7 50	4 10	4	21	6	52
8	s.	*Conc. de N. D.*	7 51	4 9	5	9	8	7
9	D.	ste. Léocadie.	7 51	4 9	6	8	9	16
10	l.	ste. Valère, v.	7 52	4 8	7	17	10	15
11	m.	s. Damase , p.	7 52	4 7	8	31	11	3
12	m.	ste. Constance.	7 53	4 7	9	47	11	42
13	j.	ste. Luce, v. m.	7 53	4 7	11	2	0	14
14	v.	s. Nicaise.	7 54	4 6	Matin.		0	41
15	s.	s. Mesmin.	7 54	4 6	0	16	1	5
16	D.	s. Adelaïde.	7 54	4 6	1	28	1	28
17	l.	ste. Olympiade	7 54	4 5	2	37	1	51
18	m.	s. Gatien.	7 55	4 5	3	46	2	15
19	m.	s. Timothé 4 T.	7 55	4 5	4	54	2	43
20	j.	s. Philogone, é.	7 55	4 5	6	0	3	15
21	v.	s. Thomas 4 T.	7 55	4 5	7	2	3	53
22	s.	s. Flavien. 4 T.	7 55	4 5	7	59	4	36
23	D.	ste. Victoire.	7 55	4 5	8	50	5	25
24	l.	s. Delphin V. J.	7 55	4 5	9	33	6	20
25	m.	NOEL.	7 55	4 5	10	10	7	19
26	m.	s. *Etienne* , m.	7 54	4 6	10	41	8	20
27	j.	s. Jean , évang.	7 54	4 6	11	8	9	22
28	v.	ss. Innocens.	7 54	4 6	11	30	10	25
29	s.	s. Thomas de C.	7 53	4 7	11	51	11	30
30	D.	s. Sabin , évêq.	7 53	4 7	0	13	Matin.	
31	l.	s. Sylvestre.	7 53	4 7	0	35	1	45

OBSERVATIONS SUR L'ANNÉE.

Cette Année est celle de notre Seigneur 1832, et contient 366 jours.

Depuis le commencement du Monde, il y a 5832 ans.

Depuis le Déluge universel, 4176 ans.

Depuis la Mort et Résurrection de N. S. J.-C. 1799 ans.

Année de la période Julienne, 6545.

Depuis la première Olympiade d'Iphitus jusqu'en Juillet, 2606.

De la fond. de Rome, selon Varron (Mars) 2585.

De l'époque de Nabonassar, 2579.

De la Correction Grégorienne, 250.

L'année 1247 des Turcs a commencé le 12 Juin 1831, et finira le 30 Mai 1832, selon l'usage de Constantinople.

ÉCLIPSES.

Il y aura cette année deux éclipses de soleil.

La première éclipse de soleil, invisible à Paris, aura lieu le 1.er Février.

La seconde éclipse de soleil, visible à Paris, aura lieu le 27 juillet.

Conjonction à 2 h. 4'' 39' du soir, en 4s 4°, 26' 38'' de longitude, et en 5' 43 de latitude boréale; mouvement horaire relatif en longitude, 35' 27''; en latitude, 3' 30''.

Commencement de l'éclipse à 2 h. 7' du soir.

Milieu à   2 h. 30 1/2

Fin de l'éclipse à   2 h. 54'

Grandeur de l'éclipse, 0 doigts 41''

TABLE DES MARÉES DE 1832.

Mois.	Jours et heures de la Syzygie.	Hauteur
Janv.	N. L. le 3, à 3 h. 22' du m.	0,77
	P. L. le 17, à 4 h. 2' du s.	1,03
Fév.	N. L. le 1, à 10 h. 25' du s.	0,86
	P. L. le 16, à 3 h. 28' du m.	1,05
Mars.	N. L. le 2, à 3 h. 23' du m.	0,93
	P. L. le 16, à 3 h. 31' du s.	1,03
Avril.	N. L. le 1, à 5 h. 11' du m.	1,01
	P. L. le 15, à 4 h. 10' du m.	0,95
	N. L. le 30, à 3 h. 49' du s.	1,02
Mai.	P. L. le 14, à 5 h. 33' du s.	0,81
	N. L. le 30, à 0 h. 5' du m.	1,01
Juin.	P. L. le 13, à 7 h. 53' du m.	0,86
	N. L. le 28, à 7 h. 8' du m.	0,96
Juill.	P. L. le 12, à 11 h. 4' du s.	0'75
	N. L. le 27, à 2 h. 5' du s.	1,02
Août.	P. L. le 11, à 2 h. 37' du s.	0,80
	N. L. le 25, à 9 h. 53' du s.	1,06
Sept.	P. L. le 10, à 5 h. 42' du m.	0,90
	N. L. le 24, à 7 h. 17' du m.	1,06
Octob.	P. L. le 9, à 7 h. 45' du s.	0,82
	N. L. le 23, à 0 h. 58' du s.	0,98
Nov.	P. L. le 8, à 8 h. 39' du m.	1,02
	N. L. le 22, à 9 h. 26' du m.	0,85
Déc.	P. L. le 7, à 8 h. 37' du s.	0,98
	N. L. le 22, à 2 h. 45' du m.	0,78

On voit par ce tableau que, pendant l'année 1832, les positions du Soleil et de la Lune, par rapport à la Terre et au plan de l'équateur, sont telles vers les Syzygies, que les Marées seront peu considérables. Celles des 17 Février, 27 Août et 25 Septembre sont les plus fortes de cette année; elles pourraient occasionner quelques accidens, si elles étaient favorisées par les vents.

L'AMANT PRESSÉ,

Chanson en patois de Lille,

Air: *Nous marirons Dimanche.*

Si vous sari me n'envie, Margot,
Ché de marié daimainche,
J'ai de l'amour, et tous les jours,
Y faut que je me crainche,
Si vous sari me n'envie, Margot,
Ché de marié daimainche.

On recommence les 3e et 4e lignes
du premier couplet.
Si j'ai vingt ans et vous autant,
Y n'y a rien qui dérainge,
Si vous sari, etc.

Un biau grand front, un biau men-
ton,
Comme le cu d'un singe ;
Si vous sari, etc.

Unne bielle piau, cha fé un trau,

A l'endroit qu'on vous pinche ;
Si vous sari , etc.

Deux biau bajots , luigeans et gros,
Ché comme deux orainges ;
Si vous sari , etc.

Des biaux habits , vons êtes mis
Comme le fille d'un Prinche ;
Si vous sari , etc.

Pourquoi joqué et s'amusé ,
Et faire l'amour à crainche ;
Si vous sari , etc.

Bien rachemé d'un fin dentelet ,
Et grament du biau linge ;
Si vous sari , etc.

Digé awy il faut toudy ,
Qu'unne séqui quemainche ;
Si vous sari me n'envie , Margot ,
Nous nous maririmes Daimainche.

CHANSON

*D'une Tourquennoise qui a mengé
trop d'hauffes , le malheur qui
l'y est arrivé à l'cramillie de
s'quemenée.*

Air: *De l'Araigné.* Noté N.o 1.

Nous faut canter à l'heure même,
Afin de nous réjouir ,
D'un Tourquennois et de se femme,
Et aussi de l'crammillie ,
   Par eune nuit ;
Y est encore tout blême ,
D'avoir crié au voleur
   Trannant de peur.

Chelle brave femmelette,
Aveuque s' n'homme gros Jean ;
Avoient fé des étrennettes ,
Pour allé dire le bon an
   Au nouviel an :
Quand eune étoit faite ,

Y partageoient à mitant
Aveuque Jean.

Trouvant les hauffes si bonnes,
Fet-à-fet qui les faigeoient;
Sans en donner à Antoine,
Unne à unne y les mengeoient,
Sans avoir soin,
A d'autres personnes;
Y n' dont menié tout de bon,
Pu d'un quartron.

Va, Jean tire en pau me manche,
Y me faut allé conquiée;
Par nuit brayoit de se panche,
Forche qu'elle d'avoit menié,
Elle a criée,
Toute en soucianche,
Jean, n'irai-je quié?
Al quemenée.

Deux jours avant l'entreprise,
Elle avoit cauffé trop caud,
Avoit brûlée se quemige,
Y avoit uu biau grand trau;
Fit un grand saut,
Allant sans feintiche,
S'accroupir pour elle quiée,
Al quemenée.

Chelle histoire est des pu bielles ,
En sabachant pour quié ,
Au menton del crémielle ,
Se quemige s'est accrochiée
    Sans y pensé ;
En poussant la bielle ,
Pu qu'un en saroit menié ,
  S'a soulagié.

Ayant fé ben ses affaires ,
Pensant allé den sen lit ;
S' quemige tenoit au fier ,
Du menton del cremillie ,
    Fit un haut cri ;
Digeant qu'eulle affaire ,
Je suis tenue d'un esprit
    Jean queurre à mi.

Chelle femme sans feintiche ,
Répondit à là même heure ;
Je suis tenue pal' quemige ,
Je ne peux bougié j'ai peur ,
    Qu'eu grand malheur ;
Crie , au wigin , dis-je ,
U ben appelle l' Curé
    Poul' conjuré.

Che l'homme mit tout en allarme ,

Tout en criant au voleur;
Les wigins ont pris les armes,
Accouraut à le même heure,
 Tout en fureur ;
Jamais queul vacarme,
Aveuque dés bottes d'étrain
 Deven leus mains.

Tous les wigins en colère,
Afin de le délivrée ;
Pardevant et parderrière,
Se majon ont entourée,
 Puis sont entrés ;
Ont vus chelle grand' mère,
Acrochiée à l' crammillie,
 Toute saisie.

Les wigins sont mis à dire,
Vela un parfait affront ;
Les autres s' sont mis à rire,
Véla un tour tout de bon,
 Pour Brûle-Majon ;
Pour s'en souvenir,
Il en fera des canchons,
 Nous les cantrons.

Vela l'histoire nouvielle,
Deven Tourcoing arrivée ;

De l'esprit et del cremmielle,
Et del quemige troée,
  Allant quié;
Toudy des nouvielles
Y en font deven Tourcoing,
  N'en doutez point.

CHANSON

D'un Tourquennois qui a fait la
chasse aux puces.

Air : *De Finart, ou bon soir belle
meunière.*

Venez de toutes plaches,
De près aussi de loin;
Apprendre à faire l' cache,
Au bourg de Tourcoing;
Quand leu colère démuche,
Y turoient un Caïn,
Pour faire l' cache à puche,
Y sont des pus malins.

De grand matin Piéronne,
Etant deven sen lit,
Se plaindoit à se n'homme;

Qu'elle n'avoit point dormi ;
Ches misérables puches,
Dit-elle mouillant sen doigt :
Tous ches méchantes biettes,
J' les vois sauté en voit.

Qu'eulles méchantes biettes,
Quemént qui volent en haut ;
Y sont ben pu allertes,
Que tous ches sauteriaux :
Un ne peut en prendre unne,
Y s'envolent au matin,
Et quand che vient le brunne,
Y dia pleins des quertins.

Y faut que j' les attrapes,
Dit che l'homme tout court ;
Encore qui soient strappes,
Je leu frai un biau tour ;
Assurant à l'heure même,
Le nuit qui vient pour vrai ;
Ah ! te verra me femme,
Combien que j'en tuerai.

Se n'intrigue queminche,
Sortant de se majon,
Acati del seminche,
Comme un tue les mouchons ;

Querquant de poudre feine,
Sen pistoulet fort ben ;
Y mit ben huit douzaines,
De seminche deden.

Se couquant à l'heure même,
Le soir étant venu ;
Y a dit à se femme,
Si t'est encore mordue ;
De ches puches sauvages,
Dit Jean apprêtez-vous !
J'en ferai un carnage ;
Je les tuerai tretous.

En plein nuit sans candelles,
Les sentit tout mordans ;
Se femme se réveille,
Dit, apprêtez-vous Jean ;
J'en sens pu de quarante,
Sur mes gambes et pu haut,
Tai-te, point ne t'épante,
Je vois leur faire l'assaut.

Mé quoi allez-vous faire !
Di chel femme de nuit,
Che n'est point te n'affaire,
Ne fet point tant de bruit :
Y tendis les cliquettes,

Du pistoulet d'abord ;
Puis levant les couvertes,
Pour les réduire à mort.

D'unne ardeur sans pareille,
A déquerquié sen coup,
Ver les pieds de se femme,
Les gambes et les genoux ;
Criant miséricorde,
Du co de pistoulet,
Digeant me vela morte,
Me n'homme m'a tué.

Du co il mit en flamme,
Le lit de tout côtés.
Il eut brulé se femme,
Si elle n' s'eut point sauvé,
Mé aveu l'assistanche,
Des wigins et de l'iau,
Ont éteint d'assuranche
Le fu de che lourdiau.

CHANSON

Sur la joie des paysans des envi-
rons de Lille , après le départ
des Hussards du camp de Cy-
soing.

Air : *Allons men compère Thomas.*

Allons, allons, men vigin Colas,
Bouge quoiche que te fet drola ,
Allons compère Gomar,
  Par hazard ,
Aroite encore peur des houzards ;
N'euche pu peur Zabiau
Car ches lédins ont tous passés l'iau
  Sur des batiaux ,
  Près de l'Escaut ,
Il est vrai qu'ils n'ont fet du biau ;
  Martin , ches fins ,
Y ont pris tous mes poules et
    pouchins ,
  Y ont den men gardin ,
  Pour chertin ,
Arrachié mes carottes et persin ,

Tout jurant rin-tin-tin
    Ches coquins ,
Tout jurant rin-tin-tin.

Un daimainche qui faigeoit si biau,
Revenant du molin de l'abrichau,
En entrant deden me majon
    Tout de bon ,
Je vos tros de ches grands larrons;
L'un m'avot pris un biau gros viau,
Et l'aute m'égorgeoit un pourchau,
    Je n' fis qu'un saut,
    Sur men ratiau,
Pour en redosser an comme il faut,
    Hélas ! chéti-là ,
Aveuque ses moustaches de cats,
    Y m'a pris par un bras
    L'moustafia ,
Den le puriau m'entraina
    Drola ,
J'pensois d'être au trépas
    De ches pas ,
J'pensois d'être au trépas.

Zabiau dit qu'un soir tard par ha-
    zard ,
Comme elle éto à s'n'hui un hou-
    zard ,

Il y vient tout d'un pas
        A queva ,
Et puis y déchendit en bas ,
Y l'ia donné un tour de groin ,
Quoique Zabiau ne le voloit point ;
Il a tassé den sen saclet ,
Il a pris sen gros coussenné ,
        De pu , en pu ,
        Y a pris un écu ,
S'boîte au s'nu ,
Et un petit cosette après ,
        Y a entré ,
Den se cuigêne pour mengé
        'Et drinqué ;
Ayant fait bon repas
        Monte à queva ,
Ayant fait bon repas.

CHANSON

Du grand Baptême de l'enfant Jean-Jacques, cencier.

Air : *J'ai passé dans un Village.*

Avant hier j'ai vu Jean-Jacques,
Tout roste dessous un hommiau ;
Il avoit se bielle casaque,
Ses reulettes et sen capiau ;
Y n'y avoit quantité de femme,
Tout près d'un cabaret,
Aveuque un enfant baptême
Qui étoit tout ajouillé.

Chétoit bien mieux qu'al ducasse
Ches femmes aveuque leu baron,
Au son des violons et basses,
Y dansoient tretous au rond ;
L'parain dit al maraine,
Baille te main dansons à deux,
Bage en pau tara l'estraine,
Tout d'un co j'suis amoureux.

Morbleu cha dit grosse Tonnette,

Faigeons jué le violon,
Assigeons-nous tout est prête,
Vla l'watiau et vla l'gambon ;
Pourquoi attendre si tard,
J'ai faim mes dents tapent fu,
J'ai fet unne fournée de tartes,
Nous les faut tout ruées jus.

Sen varlet les allot querre,
Quand che vient à défournée ;
Le grand sot queminche à braire,
De les vire toutes enfondrées ;
Aussi pâmés qu'eune ombielle,
Y s'encourt tout à l'heure,
Etant bleu comme unne percielle.
Pour raconté che malheur.

Jean-Jacques aussitot s'éveille,
Oyant parlé sen varlet ;
Y couru vir chel merveille,
Et toutes ches tartes enfondrées,
Pour afin de ne rien perdre ;
Y dit à sen petit pourchau,
Va, den le four pauvre biette,
Menié che lebouli tout cau.

Y ont rit et fet grande chère,
Aveuque ches tartes enfondrées ;

Y buvoient del forte bière,
Comme si elle n'avoit rien coûtée ;
L'assemblée fut si plaisante,
Ils ont bu, ils ont rit tant,
Retournant vir le gigeante,
Ils ont oublié l'enfant.

Quand che vient den sen village,
Jean-Jacques s'écrie tout haut,
Mon Dieu que je suis bennage,
Je m'en vois vir à men pourchau ;
Je crois qui tra blanc et taire,
Ben mieux qu'un pourchau de let,
Mais le sot se mit à braire,
Veant sen pourchau brûlé.

Alors chelle femme en couche,
S'est écriée à l'instant ;
Jean-Jacques chela me touche,
U avez laiché l'enfant ?
Mon Dieu ! il est al taverne,
S'écria grosse Margot,
Donnez radement eune lanterne,
Que je voiche querre che magot.

PASQUILLE PLAISANTE,

En patois de Lille.

LE MARI.

TE v'la revenu donc bielle leurre,
Je t'attends ichi depuis neuf heures,
Tout depuis que je suis revenu,
J'engelle de froid sans fu sans lu ;
Du vien-t' encore de courir,
Quéul excuse te porra dire,
Je sez, te viens du cabaret,
Ein ? tandis que j'viens d'ouvré.

LA FEMME *dit tout bas.*

Y a raison quoi aiche qui dit ?
Pourtant faut dire qu'il a menti ;
Encore que j'euche l'à bu chon
   pintes,
Y faut trouvé ichi onne feinte ;
Et je n'en fé que sortir acheteur.

LE MARI:

Quoi aiche te dit tout bas
Dont bielle leurre.

LA FEMME *dit tout haut.*

Je dis que je viens du docteur.

LE MARI.

Quoi faire drola babillarde ?

LA FEMME.

Porté che l'enfant qui est malade,
Car y brayoit à tous momens ;
Y m'a dit chel'pousse des dents.

LE MARI.

Bon, velà encore unne excuse,
Ché donc comme cha que t'm'a-
muse ;
Donne toudi men soupé, j'ai faim.

LA FEMME.

N'y a point ichi un morciau de pain.

LE MARI.

Pourtant au denné sur un tard,
T'avoit encore siet biaux patards.
Quoi n'as-tu faits Marie l'avale-tout.

LA FEMME.

En bonne foi je crois que te de-
viens fou,
Le docteur a eu trois patards blancs,
Il a ordoiné pou che l'enfant,
Quatre patards de chiro d'oliette,

N'aiche point les siet patard tou net
LE MARI.
Comme cha je me passerai de soupé.
LA FEMME.
Passe-t'en y men faut bien passé.
LA FEMME *dit tout bas.*
J'ai mangé unne sauciche de trois
    gros ,
J'ai bu unne pinte et deux demi-lots
Aveuque cha je passerai bien l'nuit.
LE MARI.
Me dis-me en pau quoi aiche te dis?
LA FEMME.
Je dis que j'ai bien de l'ennuis.
LE MARI.
Allez , vous êtes unne bonne frip-
    ponne.
LA FEMME.
Mi je dis que t'est un ivrogne.
LE MARI.
Te m'appelle ivrogne , ta grand tort,
Ti te pu l'bière comme un rat mort.
LA FEMME.
Tant mieux , tant mieux , pauvre
    Bastien ,

Si j'pu l'bière, je n'pu point l'bren,
VVette à ti de me mettre en rage,
Car si je vodrois croire men corage,
Je prendrois le louche au potage;
Je ten donnerois sur le visage,
Tant que te criroit au voisinage,
Après te troit bien pu bennage,
Qu'un accouroit den ten ménage,
On te verroit den un biau équipage:
Tes-te, ne parle point d'avantage,
Le sueur vient sur men visage,
Va arrière de mi si t'est sage,
Car il arrivera du touillage,
Méfis-te de men batillage,
Je ne peut pu vaincre me rage;
Viens chi men fieu que je te bage,
Pour passé men méchant corage.

LE MARI.

Il est bon à vire bielle do'drez,
Que te reviens du cabaret,
Y faut croire que t'a bien chifflée,
Car ta bien te langue encrachée.

LA FEMME.

Tant mjeux, tant mieux, Jean bielle
ouvrage,
Si j'bo che n'est point d'ten gagnage
Aveuque tes six livres par semaine,

Un diroit que me tire hors de peine;
Te minge pour vingt patars de pain
Et un diroit que te meur de faim ;
Tous les jours chon gros de potage,
Siet sous de bure, six de fromage,
Sans conter huit doubles d'hots,
Aveuque cha chon liards de bo ;
De l'ole, du carbon pour me wa-
      quelette,
Du sé, du poivre et des broquettes,
Tous les jours y faut un pain blanc
Pour faire del panade à che l'enfant;
Sans compter encore unne corée
Qu'il faut les daimainche au denné :
Acheteur y faut payé l'buresse,
Pense-tu que j'irai être larnesse.

LE MARI.
Corrage, arras-te bétôt tout dit ?

LA FEMME.
Il faut le louage et les habits.

LE MARI.
Cha, t'est bien heureuse de m'ca-
      saque
Que j'ai aquaté vieille à Pâques,
Elle va tous les semaines au lombard
Ta dessus quarante biaux patards;
Te le porte tous les lundi,

Et te va le requerre le semmedi.

LA FEMME.

Vous se revengé sur rien, couart,
Cha me coute encore deux patards,
Pour l'allé requerre tous les se-
semaines,
Ché chen qui me mets hors de peine
Cha est cause que tout che l'hiver,
J'ai toudi mengé men blé verd.

LE MARI.

Hélas ! j'ai biau parlementé,
Car je n'arai jamais l'dernier ;
Te me rend confu aveuque te n'ar-
rangue.

LA FEMME.

Tes-te, si je déloie jamais me langue
Je te dirai tout chen qui te faut dire
Mais tout chela te doit suffire.

LE MARI.

Corrage donc, Márie la fureur,
Desclaque unne fois ten cœur.

LA FEMME.

Hé bien ! puisqu'il faut te le dire,
Non, je ne te veux point norrir,

Aveuq six livres en unne semaine,
Va viré l'homme de me voigeinne,
Y l'y rend siet livres et demíe,
Et ne minge point tant que ty.

LE MARI.

Hé ben, j'ai du méchant ouvrage,
J'nen peut point gagné davantage,
Je n'ouverai pu tempe et tard,
Attend j'menvoie m'bouté sodar.

LA FEMME.

Va, va, je ne te tiens point va-t'en,
Je ferai mieux sans ti que sans argent.

LE MARI.

Adieu, v'la l'amitié perdu,
Je ne te verrai jamé pu.

LA FEMME.

Mé te queurre bien vite bon Jean?
Tiens, tiens, emporte te n'enfant;
Quoi ché d'un homme, queulle mi-
sère !
Wettié en pau qu'eulle mennière;
Ne diroit-on point che pauvre sot,
Qui mennie unne boige de bo,
Mé! velà un homme de ménage.

LE MARI.

My che n'est point me n'ouvrage,
Reprend te n'enfant, avanche te
    main.

LA FEMME.

Hélas ! men pauvre petit pouchin,
Si je morois, t'arois sans doute
Aveuque ten père, des dure es
    croutes.

LE MARI.

Je suis sen père, mais je l'crois bien,
Che l'enfant ne m'appartien de rien,
Il est vrai qui est su men nom,
Mé cheti qui l'y a donné le nom,
Y s'rois bien père et l'parain,
Y ten souviens bien de che gardin,
Tallois cueillez des fleurs au soir.

LA FEMME.

Te veut dire que je suis unne cou-
    roire ?
Queul patience qui faut vire d'un
    fou !
Wettié si le resanne point tout ;
Si t'arroit vu en étant p'tit,
Tient, chétoit tout té ti, te mi,
Ché donc comme cha que t'mamuse

Je n'ai que faire de t'n'excuse ,
Tiens , j'nen veux pu prends-en du
soin.

LE MARI.
Et mi je dis que je n'en veut point.

LA FEMME.
Mais te le prendra.

LE MARI.
Ma foi noufra.

LA FEMME.
N'en veute point encore unne fois ,
Tiens je le vais jetter envois.

LE MARI.
Fet chen que te veut marie douri ,
Pour mi j'm'envois tout drot d'vant
mi ,
M'engagé den le chitadelle ,
Je ne sarois point vivre en querelle

LA FEMME *dit tout bas.*
Il y va tout de bon chel fois là .
Hé ben toudi si me lairois là ,
Quoi que j'ferois aveu m'n'enfant ?
Tout haut.
Vous êtes comme courouché Jean?

LE MARI.
Qui aiche qui le troit point de tes
raisons ,

Te me fais drochi mille affrons.

LA FEMME.

Mais ta bien un long souvenir,
Tout chen que j'ai dit chétoit pour
   rire.

LE MARI.

Mais vela du biau peste de riage.

LA FEMME.

Wettiez il est encore en rage,
Passons cha allez n'homme.
Jean tiens bage en pau che l'enfant,
Arrit vous le cœur d'allé si long,
Et laiché là che petit mouton,
Va, va faigeons la paix ensanne,,
Pour ne pu avoir de blâme,

LE MARI.

Ta raison passons che chagrin;
Tiens, dessus cha vela me main.

LA FEMME.

A quoi sert tant de douleur?
Et d'avoir un si méchant cœur,
Allons, viens men petit mari,
Allons seignés la paix au lit.

N.° 4.

TABLE
DES CHANSONS

CONTENUES

Dans ce quatrième Recueil.

FIN DE LA TABLE.